타샤의 기쁨

타샤 튜더 지음 • 공경희 옮김

윌북

평화는 자기 자신이 만드는 것이다.

랄프 왈도 에머슨, 〈자기 신뢰〉

타샤의 기쁨

타샤 튜더 지음 | 공경희 옮김

손 닿는 곳에 기쁨이 있다

The Springs of Joy

윌북

• 이 책은 2010년 출간된『타샤의 그림 정원』개정판입니다.

The Springs Of Joy
By Tasha Tudor

F.B.S.에게

아직 멋진 꿈이 살아 있다!

꿈은 깨지기 쉬운 것이라 말하지 말라.

부서진 세상을 견뎌낼 것은 꿈밖에 없을지니!

작가 미상

삶은 너무 소중하기에 함부로 이야기할 수 없는 것이다.

오스카 와일드

서문

어떤 이들은 쉽게 마음의 기쁨과 평화를 얻지만,
어떤 이들은 그렇지 못하다. 이 책은 지금까지 내게
큰 기쁨을 안겨준 것들을 그림으로 담은 것이다.

이 책은 이야기책이 아니다.
특별한 시작이나 끝도 없고 달리 전하고픈 메시지도 없다.
그저 과거와 현재의 추억에서 건져 올린 기쁨의 말만
오롯이 담겨 있다.

내가 그림을 그리며 행복을 느꼈듯,
여러분도 그림을 곱씹으며 행복을 찾기를.

그림은 내가 그렸고, 글은 '다른 이들이 남긴 꽃'이다.

타샤 튜더
코기 코티지에서

우리는 결국 우리 자신일 뿐이기에
자신 안에 없는 것은 자신이 만든 작품 안에도 없다.

오스카 와일드, <예술가로서의 비평>

꿈을 향해 자신 있게 걸어간다면,
꿈꾸는 대로 살기 위해 노력한다면,
꿈은 기대하지 않은 순간 일상이 될 것이다.

헨리 데이비드 소로, <월든>

우리는 꿈으로 이루어진 것들이니……

윌리엄 셰익스피어, <템페스트>

행복은 사소한 편린들로 이뤄져 있다.
키스, 미소, 다정한 눈빛, 진심으로 하는 칭찬,
유쾌함과 상냥함이 깃든 작은 행동 같은
곧 잊힐 소소한 것들로.

새뮤얼 테일러 콜리지, <즉흥시인>

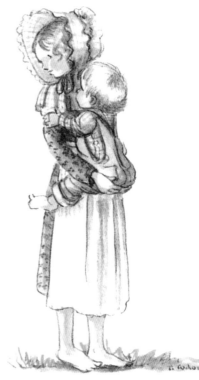

사람에게 사회가 필요하듯,
상상력에는 고독이 필요하다.

제임스 러셀 로웰, <문학 에세이> 중 '드라이든'

오늘이 내 것이라 말할 수 있는 이,
그만이 행복하다.
진정으로 오늘을 살았기에
내일은 아무 가치 없으리라
말할 수 있는 이가 바로 행복한 사람.

존 드라이든, <호레이쇼처럼>

……들판과 숲,
시내와 대지,
나를 둘러싼 모든 것들이
천상의 빛을 머금어
꿈의 영광과 싱그러움으로
가득 찬 때가 있었다.

윌리엄 워즈워스, <영원의 송가>

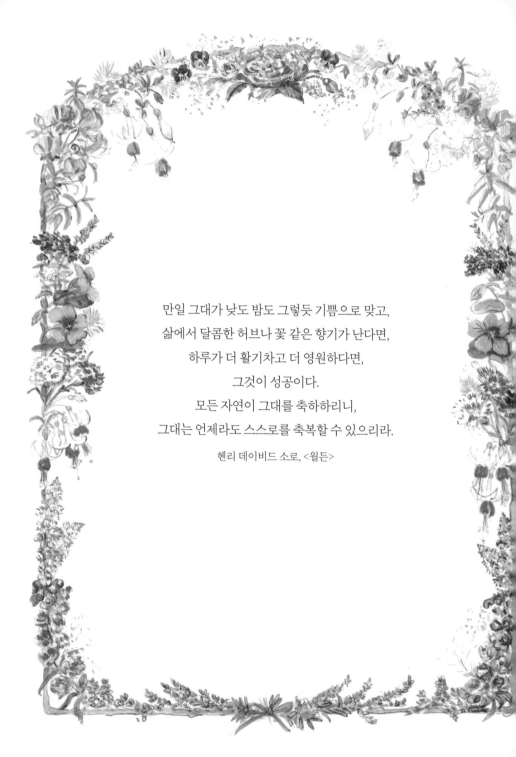

만일 그대가 낮도 밤도 그렇듯 기쁨으로 맞고,
삶에서 달콤한 허브나 꽃 같은 향기가 난다면,
하루가 더 활기차고 더 영원하다면,
그것이 성공이다.
모든 자연이 그대를 축하하리니,
그대는 언제라도 스스로를 축복할 수 있으리라.

헨리 데이비드 소로, <월든>

나는 이상하게도
별로 사랑받지 못하는
사랑스러운 것들을 사랑하고 싶어졌기에
모든 계절 중 겨울을 가장 사랑한다.

겨울의 얼굴에 깃든
창백한 신전의 모습을 찾아 헤맨다.
겨울은 죽음이 아닌 충만한 평화이며,
어둠과 추위가 아닌
따스함과 빛이 잠들어 있는 계절.
이불처럼 쌓인 눈 아래 수확의 씨앗을 안은 채,
고요히 내뿜는 숨결이다.

코벤트리 팻모어, <미지의 에로스> 중 '겨울'

오후의 차 한 잔,

인생에 그보다

더 근사한 시간이 있을까.

헨리 제임스, <여인의 초상>

좋은 책은 좋은 독자가 만든다.
어느 책에나 마음을 찌르는 한 구절,
특별한 의미로 다가오는 부분이 있다.
그것이 무엇인지는 읽는 사람에 따라 모두 다르다.
그렇기에 가장 심오한 사상과 열정은
그와 똑같은 영혼을 가진 이가
발견해 줄 때까지
잠자고 있다.

랄프 왈도 에머슨, <성공>

세상이 습기와 야성을 잃는다면
어떻게 될까?
그저 있는 그대로 두라.
습기와 야성을
그 모습 그대로 두라.
수초와 야생이
그 모습 그대로 오래가기를.

제라드 맨리 홉킨스, <인버스네이드>

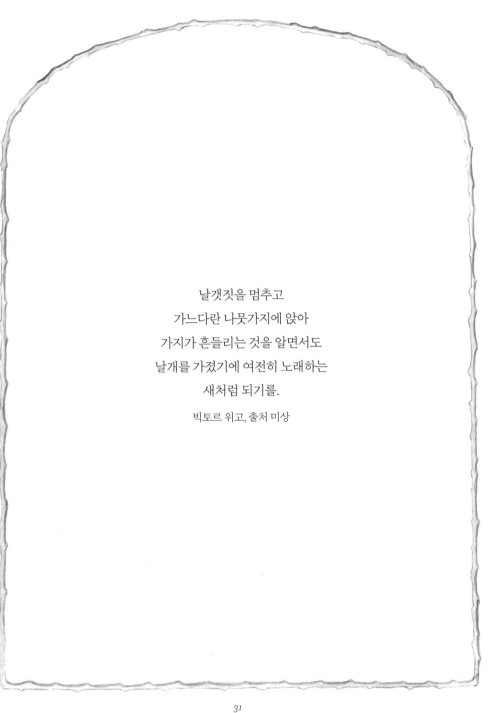

날갯짓을 멈추고
가느다란 나뭇가지에 앉아
가지가 흔들리는 것을 알면서도
날개를 가졌기에 여전히 노래하는
새처럼 되기를.

빅토르 위고, 출처 미상

여름, 가을,
겨울, 봄만큼
기쁨을 안겨 주는
계절은 없나니.

윌리엄 브라운, 출처 미상

오늘 우리 마음이 쉴
천국을 구하지 못하면,
천국이 우리에게
올 수 없나니
천국을 안으라.

세상의 우울은
그림자에 불과하고,
우리 손이 닿는 곳에
기쁨이 있나니
기쁨을 안으라.

프라 지오반니, 출처 미상

사람들은 자신의 모습을 늘
주변 환경 탓으로 돌린다.
하지만 난 그런 말을 믿지 않는다.
성공한 이들은 원하는 환경을
찾지 못하면 스스로 만들기 때문이다.

조지 버나드 쇼, <워렌 부인의 직업>

우리는 꿈꾸는 대로 살게 마련이다. 홀로.

조지프 콘래드, <암흑의 핵심>

우리 눈이 보고
우리 눈에 보이는 것 모두
꿈속의 꿈일 뿐이니.

에드거 앨런 포, <꿈속의 꿈>

누구에게나
다른 이에게 보여 주지 않는
어두운 모습이 있다.
마치 달처럼.

마크 트웨인, <적도를 따라서>

사랑하는 목양신과
이곳에 머무는 다른 신들이여,
제 영혼에 아름다움이 깃들게 하시고,
겉과 속이 똑같게 하소서.

소크라테스
(플라톤, <대화편> 중 '파이드로스')

나는 나에게 말했다.
우리의 삶 속에는 외따로 떨어진 섬처럼
끝없는 후회와 은밀한 행복을 주는 곳이 있다고.

사라 오른 주잇, <뾰족한 전나무의 마을>

모래 한 알에서 세상을 보고
야생화 한 송이에서 천국을 보라.
그대의 손바닥에서 무한을 잡고
찰나에서 영원을 잡으라.

윌리엄 블레이크, <순수를 꿈꾸며>

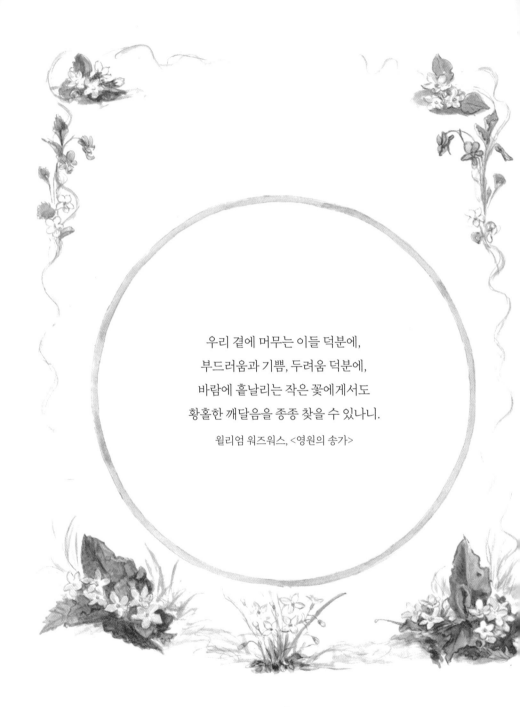

우리 곁에 머무는 이들 덕분에,
부드러움과 기쁨, 두려움 덕분에,
바람에 흩날리는 작은 꽃에게서도
황홀한 깨달음을 종종 찾을 수 있나니.

월리엄 워즈워스, <영원의 송가>

그 누구도 홀로 완전한 섬은 아닐지니,
모든 이는 대륙의 조각이자 전체의 일부일 뿐.
흙 한 덩어리가 바닷물에 쓸려 내려가면
유럽은 그만큼 줄어드는 것이며,
절벽의 일부가 그리 되어도,
친구나 그대의 집이 그리 되어도
마찬가지이리라.
어떤 이의 죽음도 나를 작게 만드니,
나 또한 인류의 일부일 뿐이므로.
그러니 누구를 위하여
종이 울리는지 알려고
사람을 보내지 말라.
그대를 위하여 울리는 종이리니.

존 던, <기도 17>

일상의 진정한 가치는
아침저녁 어스름의 아스라한 빛처럼
손에 잡히지도 않고,
설명할 수도 없다.
내가 움켜쥔 것은 우주의 먼지요,
무지개의 한 조각일 뿐.

헨리 데이비드 소로, <월든>

이전에는 세상을 보지 못하다가
문득 여름 풀밭 한가운데 앉아 있는
남자나 여자를 본다면
얼마나 빛나 보일까?
빛깔과 형태, 새들의 노래와 삶,
햇살 위로 숨 쉬는 하늘이
그곳에 잠시 머무른다.

경의로 가득 찬 마음은
이것들이 단지 물질일 뿐이라고 하기 어렵다.
요정 나라의 꿈처럼
나타났다가 손대면 흩어질 듯한,
너무 아름다워 오래 바라보면
아스라이 사라질 것만 같은 것들.
소년 시절, 그렇게 세상은
매일 아침 달콤하고 새로웠다.
세월이 흐르고 흘러 이마에 주름이 새겨진 지금조차도,
여름 풀밭은 잔디에 첫발을 내딛던 그 순간처럼
환하고 싱그럽게 빛난다.

리처드 제프리스, <바깥 공기>

망설임이란 이름의 평원에는
기다리고 또 기다리다가 승리의 새벽에 앉은 채 죽은
수백만 명의 뼈가 새하얗게 덮여 있다.

조지 세실에게 바침, 출처 미상

꿈은

우리 자신을 나타내는 기준.

헨리 데이비드 소로, <콩코드 강과 메리맥 강에서의 일주일>

이상은 별과 같아서, 손으로 만질 수 없습니다.
그러나 물의 사막을 건너는 뱃사람처럼
별을 길잡이 삼아 나아간다면 목적지에 이를 겁니다.

칼 슐츠

(1859년 4월 18일, 보스턴 파넬리 홀 강연에서)

이 순간이 영원이다.

나는 그 한가운데 있다.

햇살 속에 있는 나.

빛이 내리는 공기 중의 나비처럼

햇빛 속에 있는 나.

무엇도 필요치 않다.

이 순간이 바로 그것이니.

이 순간이 영원이다.

지금이 영원한 삶이다.

리처드 제프리스, <내 마음의 이야기>

우리는 행복해야 할 의무를
가장 소홀히 한다.

로버트 루이스 스티븐슨, <게으른 자들에 대한 사과>

와서 잔을 채우라.
참회의 겨울옷을 봄의 불 속으로 던져라.
시간의 새는 멀리 날지 못할지라도
보라! 새는 날개를 펼쳤나니.

오마르 카얌, <루바이야트>

하지만 아, 봄은 장미와 함께 사라지나니!
젊음의 향긋한 장을 덮어야 한다!
나뭇가지에 앉아 노래한 나이팅게일이
어찌하여 어디로 다시 날아갔는지 누가 알랴!

오마르 카얌, <루바이야트>

5월의 싱그러운 웃음 속에서
눈을 바라지 않듯, 크리스마스에
장미를 바라지 않는다오.

윌리엄 셰익스피어, <사랑의 헛수고>

사랑은
비 온 뒤의
햇살처럼 온다.

윌리엄 셰익스피어, <비너스와 아도니스>

잘 먹고, 사랑받고,
귀여움을 독차지하는
고양이가 없더라도
완벽한 가정일 수 있다는 것이
진짜일까?

마크 트웨인, <바보 윌슨>

환상과 이별하지 말라.
환상이 사라지면,
그대는 여전히 존재할지라도
살아가는 것을 멈춘 것이니.

마크 트웨인, <적도를 따라서>

열정 없이 이루어진 업적은 없다.

랄프 왈도 에머슨, <원>

인생이 아무리 짧아도
예의를 차릴 시간은 있다.

랄프 왈도 에머슨, <사회의 목적>

그대를 조금만 나누어 준다면
그것이 바로 선물.

랄프 왈도 에머슨, <선물>

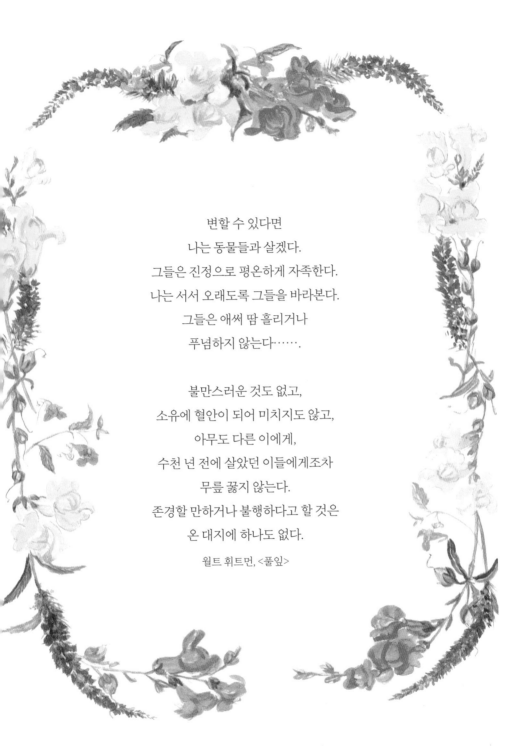

변할 수 있다면
나는 동물들과 살겠다.
그들은 진정으로 평온하게 자족한다.
나는 서서 오래도록 그들을 바라본다.
그들은 애써 땀 흘리거나
푸념하지 않는다…….

불만스러운 것도 없고,
소유에 혈안이 되어 미치지도 않고,
아무도 다른 이에게,
수천 년 전에 살았던 이들에게조차
무릎 꿇지 않는다.
존경할 만하거나 불행하다고 할 것은
온 대지에 하나도 없다.

월트 휘트먼, <풀잎>

세상에서 가장 좋은 것은
자기다워지는 길을 아는 것.

미셸 드 몽테뉴, <고독>

누군가 동료들과
발걸음을 맞추지 않는다면
다른 북소리에
맞춰 걸어가기 때문이다.
그가 듣고 있는 박자에 따라
걷게 내버려 두라.
어떤 노래건, 어디서 들려오든.

헨리 데이비드 소로, <월든>

오래전 나는,
사람들 대신에 내 곁에 있어 줄
무언가를 꿈꾸었지만,
결국 그것이
다정한 친구들임을 깨달았네.
그들이 내게 들려주는 노래보다
더 아름다운 노래는 없었네.

엘리자베스 B. 브라우닝, <포르투갈어에서 번역한 시>

아, 기울 줄 모르는 내 기쁨의 그녀,
천상의 달이 다시 뜨는구나.
달이 떠 이 정원에서 나를 찾을지라도
소용없는 날이 얼마나 많을까!

오마르 카얌, <루바이야트>

Tasha Tudor

뉴잉글랜드에서 태어난 타샤 튜더는 평생 역사적인 전통에 충실한
클래식한 생활 방식을 유지하였고, 이를 예술로 표현하였습니다.
타샤가 그리는 따뜻한 감성의 수채화는
가족에 대한 소중한 사랑과 추억을 다시금 상기시키고,
보는 이들이 타샤처럼 자연과 동물과 아이들을 끌어안게 해줍니다.

타샤의 일상생활은 그림 속에 자주 등장합니다.
그림책에서 활달하게 뛰노는 코기들이 낯익습니다.
『타샤의 기쁨』 역시 그렇습니다. 이 책에서 코네티컷 주 레딩에서 자란
유년기의 추억은 눈이 덮인 자연과 정답게 빛나는 창가의 풍경으로 등장합니다.
또 타샤의 손자들도 등장합니다.
로라는 눈신을 신고 있거나 고양이를 사랑스레 쓰다듬는 모습으로 나옵니다.
윈슬로는 건초 헛간에 있는 모습이나 숙녀를 공손히 앉히는 신사적인 모습으로 등장합니다.
제니는 꽃핀 초원에 앉아 있고, 제이슨은 계란을 모읍니다.
킴은 자작나무 사이에 서서 물에 비친 자기 모습을 바라봅니다.
그리고 이들은 사랑하는 친구인 토끼 호레이쇼와 다과를 나눕니다.
타샤 자신도 수련의 아름다움에 감탄하는 어릴 적의 모습으로 등장합니다.

타샤가 그린 아름다운 그림들과 그녀에게 영감을 준 글귀들을 모아 실은
『타샤의 기쁨』에는 화가로서의 삶이 고스란히 담겨 있습니다.
더불어 하늘하늘한 라일락과 화사한 팬지의 향기, 티타임과 책, 동물과
손주들에게서 기쁨을 얻는 여인으로서의 모습도 담겨 있습니다.
타샤는 이 모든 것을 세심하게 그리는 데서 기쁨을 찾았습니다.
그리고 그 기쁨을 독자들과 나누는 이 일 또한 큰 즐거움이 될 것입니다.

좋은, 더 좋은, 최고로 좋은!
좋은 것은 더 좋아지고
더 좋은 것은 최고로 좋아질 때까지 쉬지 말라.
마더 구즈

Good, better, best;
Never rest
Till "good" be "better"
And "better" "best."

Mother Goose

어느 날의 초대

20년 넘게 책 만드는 일에 참여하면서 늘 '왜 책을 읽을까?'라는 생각을 한다.
아마 책이 풍성한 경험을 제공해주기 때문이리라.
책은 우리에게 지식과 가르침 외에 어떤 시대를, 어떤 장소를, 어떤 인간을
이해할 수 있는 열쇠를 준다. 직접 체험하지 못하는 시공간에서
다양한 인물들이 사는 이야기를 읽으면서 우리는 풍요로운 여행을 한다.
새로운 사람들을 만나는 경험을 한다.
한 권의 책은 우리에게 정말 많은 것을 준다.

글에 그림이나 사진이 더해져 공감각적 체험을 할 수 있는 책이
요즘의 추세라지만, 타샤 튜더는 이미 수십 년 전에 이런 장르를 소개했다.
본인은 18세기에 사는 것처럼 빅토리아 시대풍의 집에서 과거의 옷을 입고
생활했지만, 그것은 현대인이 바라는 가장 트렌디한 라이프스타일이다.
영감을 주는 글과 그림이 어우러진 『타샤의 기쁨』을 보면
그녀의 현대적인 감각에 감탄할 수밖에 없다.

이 책에는 봄, 여름, 가을, 겨울이 있고 아이들과 동물들이 있고,
꽃과 나무가 있다. 유년의 추억과 이야기가 있다.
한 장씩 넘기면서 짤막한 글을 읽노라면,
어느 먼 세상에 다녀온 듯 마음이 아련해지는 경험을 하게 된다.

이 책을 번역하면서 매 장마다 카드 한 장씩 받은 기분을 느꼈다.
내가 경험하지 못했으나 마음 깊은 곳에 깃든 세계로 오라는
초대장을 받은 것 같았다. 쭉 읽기보다는 기분에 따라 마음에 드는
그림을 펼쳐서 밑에 적힌 글귀를 읽으며, 거기 담긴 삶에 대한 통찰과
그림이 표현하는 아름다운 세상에 푹 빠져 보기 바란다.
『타샤의 기쁨』은 그 풍족한 설렘으로 부르는 초대장이다.

공경희

For out of ourselves we can never pass,
nor can there be in creation what in the creator was not.

Oscar Wilde, <The Critic as Artist>

If one advances confidently in the direction of his dreams,
and endeavors to live the life which he has imagined,
he will meet with a success unexpected in common hours.

Henry David Thoreau, <Walden>

We are such stuff as dreams are made on . . .

William Shakespeare, <The Tempest>

❧

The happiness of life is made up of minute fractions—the
little soon forgotten charities of a kiss or smile, a kind look,
a heartfelt compliment, and the countless infinitesimals of
pleasurable and genial feeling.

Samuel Taylor Coleridge, <The Improvisatore>

Solitude is as needful to the imagination as
society is wholesome for the character.

James Russell Lowell, <Dryden in Literary Essays>

Happy the man, and happy he alone,

He who can call today his own;

He who, secure within, can say,

Tomorrow, do thy worst, for I have liv'd today.

John Dryden, <Imitation of Horace>

. . when meadow, grove, and stream,

The earth, and every common sight,

To me did seem Apparell'd in celestial light,

The glory and the freshness of a dream.

William Wordsworth, <Ode, Intimations of Immortality>

❧

If the day and night be such that you greet them with joy,

and life emits a fragrance like flowers and sweet—scented herbs,

is more elastic, more immortal—that is your success.

All nature is your congratulation, and you have cause

momentarily to bless yourself.

Henry David Thoreau, <Walden>

I, singularly moved To love the lovely that are not beloved,
Of all the seasons, most Love Winter, and to trace The sense
of the Trophonian pallor on her face. It is not death,
but plenitude of peace; And the dim cloud that does the world enfold
Hath less the characters of dark and cold Than warmth and light asleep,
And correspondent breathing seems to keep With the infant
harvest, breathing soft below Its eider coverlet of snow.

Coventry Patmore, <Winter in The Unknown Eros>

❧

There are few hours in life more agreeable than the hour
dedicated to the ceremony known as afternoon tea.

Henry James, <Portrait of a Lady>

'Tis the good reader that makes the good book;
in every book he finds passages which seem confidences
or asides hidden from all else and
unmistakably meant for his ear; the profit of books is according
to the sensibility of the reader; the profoundest thought or
passion sleeps as in a mine, until it is discovered
by an equal mind and heart.

Ralph Waldo Emerson, <Success>

୬⁊୦

What would the world be, once bereft Of wet and wildness?
Let them be left O let them be left, wildness and wet,
Long live the weeds and the wildness yet.

Gerard Manley Hopkins, <Inversnaid>

Be like the bird That,
Pausing in her flight Awhile on boughs too slight,
Feels them give way Beneath her and yet sings,
Knowing that she hath wings.

Victor Hugo, source unknown

❧

There is no season such delight can bring
As summer, autumn, winter and the spring.

William Browne, source unknown

No heaven can come to us unless our
hearts find rest in it today.
Take heaven.
The gloom of the world is but a shadow;
behind it, yet within our reach, is joy.
Take joy.

Fra Giovanni, source unknown

༄

People are always blaming their circumstances for what they are.
I don't believe in circumstances.
The people who get on in this world are the people
who get up and look for the circumstances they want,
and if they can't find them, make them.

George Bernard Shaw, <Mrs. Warren's Profession>

We live, as we dream—alone.

Joseph Conrad, <Heart of Darkness>

⁓

All that we see or seem Is but a dream within a dream.

Edgar Allan Poe, <A Dream Within a Dream>

⁓

Everyone is like the moon and has
a dark side which he never shows anybody.

Mark Twain, <Following the Equator>

Beloved Pan and all ye other gods who haunt this place,

give me beauty in the inward soul,

and may the outward and the inner man be at one.

Socrates, <Dialogues, Phaedrus>

༄

In the life of each of us, I said to myself,

there is a place remote and islanded,

and given to endless regret or secret happiness.

Sarah Orne Jewett, <The Country of the Pointed Firs>

To see a world in a grain of sand And a heaven in a wild flower,
Hold Infinity in the palm of your hand
And Eternity in an hour.

William Blake, <Auguries of Innocence>

Thanks to the human heart by which we live,
Thanks to its tenderness, its joys, and fears,
To me the meanest flower that blows can give
Thoughts that do often lie too deep for tears.

William Wordsworth, <Ode, Intimations of Immortality>

No man is an island, entire of itself;

every man is a piece of the continent,

a part of the main; if a clod be washed away by the sea,

Europe is the less, as well as if a promontory were,

as well as if a manor of thy friends or of

thine own were; any man's death diminishes me,

because I am involved in mankind; and therefore never send

to know for whom the bell tolls; it tolls for thee.

John Donne, <Devotions XVII>

The true harvest of my daily life is somewhat as intangible and

indescribable as the tints of morning or evening.

It is a little star dust caught, a segment of the rainbow

which I have clutched.

Henry David Thoreau, <Walden>

If we had never before looked upon the earth,

but suddenly came to it man or woman grown,

sat down in the midst of a summer mead,

would it not seem to us a radiant vision?

The hues, the shapes, the song and life of birds,

above all the sunlight, the breath of heaven, resting on it;

the mind would be filled with its glory, unable to grasp it,

hardly believing that such things could be mere matter and no more.

Like a dream of some spirit—land it would appear,

scarce fit to be touched lest it should fall to pieces,

too beautiful to be long watched lest it should fade away.

So it seemed to me as a boy, sweet and new each morning;

and even now, after the years that have passed,

and the lines they have worn in the forehead, the summer mead

shines as bright and fresh as when my foot first touched the grass.

Richard Jefferies, <The Open Air>

On the plains of Hesitation bleach the bones of countless
millions who, at the dawn of victory, sat down to wait . . .
and waiting, died.

attributed to George Cecil, source unknown

ᥬ

Dreams are the touchstones of our characters.

Henry David Thoreau, <A Week on the Concord and Merrimack Rivers>

ᥬ

Ideals are like stars;
you will not succeed in touching them with your hands.
But like the seafaring man on the desert of waters,
you change them as your guides,
and following them you will reach your destiny.

Carl Schultz, Address, Faneuil Hall, Boston, April 18, 1859

It is eternity now. I am in the midst of it. It is about me in the
sunshine; I am in it, as the butterfly in the light—laden air.
Nothing has to come; it is now.
Now is eternity; now is the immortal life.

Richard Jefferies, <The Story of My Heart>

There is no duty we so much underrate as the duty
of being happy.

Robert Louis Stevenson, <An Apology for Idlers>

Come, fill the Cup,
and in the fire of Spring The Winter garment
of Repentance fling:
The Bird of Time has but a little way
To fly—and Lo! the Bird is on the Wing.

Omar Khayyam, translated by Edward FitzGerald, <The Rubaiyat>

Yet Ah, that Spring should vanish with the Rose!
That Youth's sweet—scented Manuscript should close!
The Nightingale that in the branches sang,
Ah whence, and whither flown again, who knows!

Omar Khayyam, translated by Edward FitzGerald, <The Rubaiyat>

At Christmas I no more desire a rose
Than wish a snow in May's newfangled mirth.

William Shakespeare, <Love's Labour's Lost>

∾

Love comforteth like sunshine after rain.

William Shakespeare, <Venus and Adonis>

∾

A home without a cat—and a well-fed,
well-petted and properly revered cat—may be a perfect home,
perhaps, but how can it prove title?

Mark Twain, <Pudd'nhead Wilson>

Don't part with your illusions.

When they are gone you may still exist but you have ceased to live.

Mark Twain, <Following the Equator>

∽

Nothing great was ever achieved without enthusiasm.

Ralph Waldo Emerson, <Circles>

∽

Life is short but there is always time for courtesy.

Ralph Waldo Emerson, <Social Aims>

The only gift is a portion of thyself.

Ralph Waldo Emerson, <Gifts>

⁓

I think I could turn and live with animals,
they are so placid and self-contain'd,
I stand and look at them long and long.
They do not sweat and whine about their condition . . .
Not one is dissatisfied,
not one is demented with the mania of owning things,
Not one kneels to another, nor to his kind that
lived thousands of years ago,
Not one is respectable or unhappy over the whole earth.

Walt Whitman, <Leaves of Grass>

The finest thing in the world is knowing
how to belong to oneself.

Michel de Montaigne, <Of Solitude>

❧

If a man does not keep pace with his companions,
perhaps it is because he hears a different drummer.
Let him step to the music which he hears,
however measured or far away.

Henry David Thoreau, <Walden>

I lived with visions for my company,

Instead of men and women, years ago,

And found them gentle mates,

nor thought to know A sweeter music than they played to me.

Elizabeth Barrett Browning, <Sonnets from the Portuguese>

∽

Ah, Moon of my Delight who know'st no wane,

The Moon of Heav'n is rising once again:

How oft hereafter rising shall she look

Through this same Garden after me—in vain!

Omar Khayyam, translated by Edward FitzGerald, <The Rubaiyat>

글을 우리말로 옮긴 공경희는
서울대 영문과를 졸업한 후 지금까지 번역 작가로 활동 중이며 성균관대 번역 테솔 대학원의
겸임 교수를 역임했다.『시간의 모래밭』으로 데뷔한 후『메디슨 카운티의 다리』,
『모리와 함께한 화요일』,『호밀밭의 파수꾼』,『타샤의 말』,『타샤의 정원』등을 번역했다.

타샤의 기쁨 The Springs Of Joy

펴낸날 초판 1쇄 • 2010년 10월 10일 개정판 2쇄 • 2021년 3월 10일

지은이 타샤 튜더 옮긴이 공경희 펴낸이 이주애, 홍영완

편집 김송은, 양혜영, 백은영, 장종철 디자인 김주연, 박아형 마케팅 김가람, 진승빈, 김소연

펴낸곳 (주)윌북 • 출판등록 제2006-000017호 • 주소 10881 경기도 파주시 회동길 337-20

전자우편 willbooks@naver.com • 전화 031-955-3777 • 팩스 031-955-3778

블로그 blog.naver.com/willbooks • 트위터 @onwillbooks • 인스타그램 @willbooks_pub

ISBN 979-11-5581-272-3 (03840) (CIP 제어번호: CIP2020013996)

책값은 뒤표지에 있습니다. 잘못 만들어진 책은 구입하신 서점에서 바꿔드립니다.